Yc   1243.

STANCES
CHRESTIENNES
SVR
L'ANAGRAMME
ROYAL DE LA SERENISSIME
CHRISTINE
REINE DE SVEDE.

Dediées à Monseigneur MESSIRE CHARLES, *Marquis*
& Comte de Rostaing.

A PARIS,
Chez ALEXANDRE LESSELIN, ruë de la Barillerie,
à la Fontaine des Pastoureaux, Et en sa boutique
vis à vis proche le Palais.

M. DC. LVI.

A
MONSEIGNEVR
LE MARQVIS
ET COMTE
DE ROSTAING.

ONSEIGNEVR,

Vn Prelat qui a grand pouuoir fur mon efprit, m'ayant ordonné de faire quelques vers pour expliquer vn Anagramme de fa façon, à l'honneur de la Sereniffime Chriftine Reine de Suede, i'ay reconnu que cinq Stances de fix vers que i'auois feulement deffein de luy donner fur ce fujet, ont efchauffé mon efprit pour en faire d'autres, qui auec le temps euffent pû former vn Poëme Heroïque, fans le depart trop precipité de cette merueilleufe Fille, noftre dixiefme Mufe : Cét Anagramme qui paroift d'abord affez extraordinaire eft neantmoins fort iufte, tant pour la lettre que pour le fens, & conuient affez bien aux mœurs & aux actiós de cét Amazone Chreftienne.

a

Ie sçay l'estime que vous faites de ses hautes qua-
litez Intellectuelles & Morales aussi bien que i'ay
appris celle qu'elle fit parestre pour vous, lorsque
son Carrosse & le vostre se rencontrerent de front
aupres du Cours, où Monseigneur le Duc de Gui-
se vous ayant monstré à sa Majesté, luy ayant dit
que vous estiez l'vn des plus vieux & des plus Il-
lustres Seigneurs de l'Europe; Elle dît qu'elle con-
noissoit vostre nom, comme originaire d'Allemagne, & qu'elle auoit ouy parler à Stocholm
de vostre merite par la bouche de Monsieur de la
Thuillerie Ambassadeur de France. Appuyé sur ces
raisons, & sur la complaisance que vous tesmoi-
gnez pour ce qui part de ma veine, i'ay creû que
vous ne desagrériez pas que ie me seruisse de vostre nom, comme d'vn celebre passe-port pour
rendre publique cette piece, qui décrit & qui loüe
les rares vertus de cette excellente Princesse, qu'on
ne peut trop loüer, de mesme que vous ne desap-
prouuez pas le zele qui me fait declarer en toutes
rencontres

MONSEIGNEVR,

Vostre tres-humble & tres-obeïssant
seruiteur CARNBAV, Celestin.

A LA SERENISSIME
CHRISTINE
REINE DE SVEDE.

SONNET.

CE n'eſtoit pas aſſez, *Triomphante Amazone*,
  Pour vos grandes vertus de remplir dignement
Vn Royaume animé de l'eſprit de *Bellonne*,
Puis que de l'*Vniuers* vous eſtes l'*Ornement*.

   Vous regnez mieux encor ayant quitté le *Throſne*,
Les grandeurs deuant vous s'abaiſſent iuſtement,
Et la *Science* & l'*Art* ſous l'vne & l'autre *Zone*,
Ont pour vous du reſpect & de l'eſtonnement,

   GVSTAVE l'*Inuaincu* pour qui le *Nord* ſouſpire,
Maiſtre de l'*Allemagne* alloit droit à l'*Empire*,
Il euſt eu pour captifs de ſuperbes vainqueurs.

   Et vous qui voyagez ſur la *Terre* & ſur l'*Onde*,
Vous captiuez par tout les *Eſprits* & les *Cœurs*,
Et laiſſez voſtre *Eſtat* pour conquerir le *Monde*.

BEYS.

AV R. P. CARNEAV,
Sur la dedicace de ſes Stances.

A MONSEIGNEVR LE MARQVIS
& Comte de Roſtaing.

SONNET.

MIraculeux CARNEAV, ta ſainte ſolitude,
T'inſpira ces beaux vers dans la deuotion:
Pour vne Maieſté, dont la Diuine eſtude
A releué l'eſprit contre l'ambition.

Cette Reine a monſtré que le Sceptre eſtoit rude,
Et dans vne Heretique & froide Region,
A brûlé d'vne ardante & ſainte inquietude,
Et ſoumis la Grandeur à la Religion.

A CHARLES DE ROSTAING, tu rends vn iuſte homage,
Offrant à ſa vertu cette viuante Image;
Que i'eſtime, CARNEAV, ton choix iudicieux,

CHRISTINE a reconnu la Gloire qu'il poſſede,
Et CHARLES eſt rauy de l'honneur de Suede,
Voiſine d'Allemagne, où ſont nais ſes Ayeux.

BEYS.

STANCES
CHRESTIENNES
SVR L'ANAGRAMME ROYAL
de la Sereniſſime CHRISTINE
Reine de Suede.

CHRISTINE, REINE DE SVEDE.

IEVNE SIRE, EDEN DE CHRIST.

DOCTE Reine, agréez ce pieux Ana-
  gramme,
Qui, tout maſle qu'il eſt, eſt fait pour vne
  Dame,
Dont la terre habitable admire le grand cœur;
Cette Dame eſt l'objet d'vn immortel hommage;
Elle inſpire en tous lieux vne mâle vigueur;
Prenez voſtre miroir, vous verrez ſon image.

En vain l'Academie en ſon exactitude
Pretendroit me traitter d'inciuil, & de rude;
La Grammaire pour vous doit ſuſpendre ſes loix
Ie ne crains pas l'affront d'vne honteuſe marque,
Si d'vn accent hardy ie vous nomme à la fois
Souueraine des cœurs, & valeureux Monarque.

A

Vous, qui dans les combats auez valu mille hommes;
Vous, qui pour les beaux arts auez fourny des sommes
A changer le Parnasse en Mont de * Potozi:
Surpassant de si loin les vertus feminines,
Il faut vn style fort, entre mille choisi;
Il faut, pour vous loüer, des phrases masculines.

Montagne où l'on trouue de tres-riches mines.

Ie dois vous regaler du Royal Nom de SIRE,
Vous en estes tres-digne, & au plus haut Empire
Où se puisse esleuer la gloire des Humains;
Car ie tiens que les Cieux, du concaue au conuexe,
Par vn heureux destin mirent entre vos mains
Tous les tiltres d'honneur du fort, & du beau sexe.

Vous nommer vn Eden, Paradis de delices,
Inaccessible aux vents des erreurs & des vices,
Aucun n'y contredit, cét honneur vous est dû;
Et cette tortueuse, & venimeuse beste,
Par qui dans l'autre Eden l'homme se veid perdu,
Sent que par vous la grace escrase encor sa teste.

Merveille surprenante, agreable prodige,
Qu'vn surgeon glorieux d'vne heroïque tige
En augmente l'eclat par vn saint changement,
Quoy qu'ait fait d'estonnant l'inuincible GVSTAVE,
Sa Couronne vous doit vn nouuel ornement
Plus brillant à nos yeux, plus auguste & plus braue.

CHRIST *ayant pris le soin de l'Eden de vostre ame*
En bannira tousiours le sifflement infame
Du serpent seducteur que la femme escouta :
Vostre Esprit void trop clair dans ses ruses funestes,
Pour craindre l'art malin, dont il la supplanta,
La priuant elle, & nous des lumieres Celestes.

Ce diuin Iardinier, cultiuant les semences,
Que firent croistre en vous ses douces influences,
Fait que nous vous prenons pour son vray Paradis ;
Les Anges le voyant assidûment s'y plaire,
Sans en estre ialous, en sont comme interdis,
Et cherchent en vos faits quelque profond mystere.

Vostre conuersion les a mis dans l'extase ;
Elle est de vos vertus la plus solide base ;
CHRIST, *la pierre angulaire, en est le fondement :*
En vain l'Enfer contr'elle a fait ouurir ses portes ;
Son Prince contre vous agira vainement ;
Et vous desarmerez ses plus fiéres cohortes.

Dans la lice du Ciel, ainsi que les Apostres,
Dés vostre premier pas vous deuancez mille autres :
Mais ce pas merueilleux est vn pas de Geant ;
C'est imiter le Verbe en sa course legere,
Lors que partant des Cieux il vint en vn instant
Du sein de l'Eternel dans le sein de sa mere.

On void en vos projets la Grace toute pure,
Faire en vous, non sans vous, vne autre creature,
Et changer voſtre cœur par vn puiſſant effort;
Dans cette mer flateuſe où le grand monde engage,
Vous auez preferé le vray bien du vray port
A tant de biens trompeurs, qui meinent au naufrage.

Le rocher de Saint Pierre eſtant ineſbranlable,
Et vous, ayant fondé d'vn zele incomparable
Tant de pieux deſſeins deſſus ſa fermeté,
Mocquez-vous des aboys du Cerbere heretique;
Mocquez-vous de ſon hydre, & de ſa cruauté,
Puiſque Dieu vous prepare vn triomphe heroïque.

Quel tranſport tout noüueau réjoüit l'Empyrée!
Quelle haute harmonie, & forte, & meſurée
Anima lors les Chœurs des Eſprits Bien-heureux!
L'Echo de leurs beaux airs reſonna iuſqu'en terre,
Et le canon ialoux, par ſon organe creux,
A ces accords de paix meſla des tons de guerre.

Des bords batus des flots de l'Ocean Baltique,
Iuſqu'où vont s'engoufrer dedans la mer Belgique,
Les Fleuues dont le cours enrichit les Flamans;
Chacun, de voſtre abord faiſant vn iour de feſte,
Que d'innocens riuaux, que de chaſtes amans
D'vn ſeul de vos regards ont eſté la conqueſte!

Par

Par tout où vous paſſiez, les vertus, & les Graces
Marquoyent auec des fleurs iuſqu'à vos moindres traces,
Mais des fleurs, qui du fruit ont la fecondité;
Mais des fleurs de ſalut, des œuures de Iuſtice,
Qui donnant les rehaus à voſtre humilité,
Font d'vne Reyne Auguſte vne ſainte Nouice.

❦❦❦

Vous fuſtes tout enſemble, & Nouice & Maiſtreſſe;
Et la terre, & le Ciel eurent meſme allegreſſe,
Voyant voſtre Genie au Saint Siege ſoûmis :
Deſlors le Vatican vous liura ſon tonnerre,
Et le droit d'employer contre vos ennemis
Le glaiue de S. Paul, & les clefs de Saint Pierre.

❦❦❦

En vous conſiderant, la Ville aux ſept collines
Creut voir en abregé toutes les Heroïnes,
Qui rendirent fameux ſon ſuperbe ſejour :
Là voſtre pieté parut mieux aſſortie;
Là vos perfections furent en leur grand iour,
Malgré l'ombrage ſaint de voſtre modeſtie.

❦❦❦

Ce College fameux, dont la noble écarlate
Du pur ſang des Martyrs pompeuſement éclate,
Admirant tout en vous, demeura tout abſtrait;
Ces grand Peres Conſcripts, ſucceſſeurs des Quirites,
Dans vos yeux, dans vos mœurs creurent voir le portrait
D'vn Mars las de tuër s'alliant aux Charites.

B

Vous paſſiez, diſoient-ils, en ſçauoir Cornelie,
En chaſteté Lucrece, en courage Clœlie,
Et ce que Rome antique auoit de plus charmant:
On fit preſque de vous vne nouuelle Idole,
Et ſans quelque air Gaulois vos attraits animant,
On vous verroit en bronſe au haut du Capitole.

❦✿❦

Cet air, qui part du cœur, vous fit aimer la France,
Moins par les intereſts d'vn traité d'alliance,
Que par le fort aymant d'vn ſympatique amour;
Et comme ce climat eſt tout plein de franchiſe,
Vous creuſtes y trouuer vne plus noble Cour,
Que chez ces grands vanteurs de la race d'Anchiſe.

❦✿❦

L'euenement fit voir par des preuues certaines
Qu'on ne vous trompa point par des images vaines,
Quand on la dépeignit à voſtre Maieſté;
En cette braue Cour toûjours du Ciel cherie,
S'ajuſtent de concert l'adreſſe, & la beauté,
Les arts, & la valeur, & la galanterie.

❦✿❦

Repaſſez en eſprit ſur voſtre digne Entrée;
Vous y fuſtes receuë, ainſi qu'au Ciel Aſtrée,
Quand elle eut chaſtié les crimes des mortels:
Plus de cœurs que de voix voſtre nom celebrerent;
Moins de voix que de cœurs promirent des Autels
A vos diuins attraits qui par tout les charmerent.

Quand le dernier Henry de la race Valoise
Quitta sans nul regret la terre Polonoise,
Pour prendre nostre Sceptre au lieu d'vn frere mort;
L'accueil que l'on luy fit fut presque de la sorte;
Paris le veit peut-estre auec moins de transport,
Et d'vn œil different, quoy que par mesme porte.

Il estoit genereux, vous estes genereuse;
Il estoit moins heureux que vous n'estes heureuse,
Car il cherchoit vn Thrône, & vous l'auez quité:
S'il eust sceu comme vous le poids d'vne Couronne,
Il eust eu moins d'ardeur pour cette Royauté,
Qui sous des fleurons d'or tant d'espines moissonne.

Vous possedez à fond la forte humeur Stoïque,
Et vous establiriez vn plus fameux Portique,
Que celuy dont Zenon est creu le Fondateur;
Vous trouuez peu d'appas aux choses sublunaires,
Et d'vn diuin essor vous passez la hauteur,
Où tant de Souuerains ont limité leurs Spheres.

Pur, & riche Miroir des heroïques ames,
Quelle gloire pour vous, quand les yeux de nos Dames
En approchant vos yeux se couurent de pudeur?
Il n'est ny fast, ny luxe à l'espreuue des armes,
Dont vos regards, où brille vne celeste ardeur,
Emoussent tous les traits de leurs plus puissans charmes.

Quelle confusion, & quel affront pour elles,
De voir que le Phœnix des sages, & des belles
S'exerce en tous les Arts que Minerue cherit!
Tandis qu'vn perroquet, vn chien, vn chat, vn singe
Partagent vainement leur temps, & leur esprit,
Et que leur precieux n'est qu'en soye, & qu'en linge.

Tandis que de Platon vous percez les Idées,
Et que d'vn air plus haut les vostres sont guidées
Pour donner iusqu'au sein de la Diuinité,
Vous faites le procez à mille Vierges foles;
Et la raison se plaint de voir la vanité
En des cœurs Tres-Chrestiens s'eriger des Idoles.

Ces beaux temples de chair, ces viuantes Poupées,
Qui n'ont que le dehors, & ne sont occupées
Qu'à des employs badins, qu'à lire des Romans,
Ne peuuent, sans rougir, contempler vostre vie,
Et des dons plus prisez que tous les diamans,
Pour qui toute l'Europe à Stocholm vous enuie.

Quelle perte de temps, la plus grande des pertes,
(Qu'vn cœur vraymēt Chrestien pleure d'auoir souffertes)
A friser & boucler vn pompeux excrément!
On peut dire à bon droit que tant de belles testes,
Qui portent plus d'éclat, que de raisonnement,
Ont le dehors d'vn Ange, & dedans sont des bestes.

Vous

Vous auez ry cent fois de voir vn front d'yuoire
Honteusement traité par vne moûche noire,
Qui le deshonoroit, au lieu d'orner son teint ;
Et vous auez deû rire encore dauantage
De voir qu'en nostre Cour plus d'vne ame se feint,
Et risque son salut en plaftrant son visage.

❦

Ces points de vanité, de Genne, & de Raguse,
Sont les points importans, où la pluspart s'amuse,
Quand vostre esprit subtil penetre d'autres points :
Vous iugez des discours des forts-Academiques ;
Vous sondez Ariftote, & vos vtiles soins
Ont fait entrer chez vous tous les threfors Attiques.

❦

Les Histoires des Grecs, celles des Roys de Perse,
Et de ce ieune Heros, qui causa leur traverse,
Et les Fastes Romains font vos menus plaifirs ;
En effeĉt tels plaifirs abftraits de la matiere,
Et qui n'inspirent rien que de nobles defirs,
Sont menus, & n'ont rien de la masse grossiere.

❦

Si dompter vn cheval, si ranger vne armée ;
Si ne s'enyurer pas d'vne vaine fumée,
Dont tant de Courtisans font les diftributeurs ;
Et si voir d'vn œil gay quelque sort qui furuienne,
C'eft se canoniser chez les graues Autheurs,
CHRISTINE *y passera pour la Pallas Chreftienne.*

C

Les traits du fol Amour, dont la pointe est si fine
N'entamerent iamais vostre chaste poitrine,
Le celebre Arsenal des plus masles vertus;
Bien loin de voir chez vous vn fileur ridicule,
Tel que ce grand Vainqueur des Monstres abatus,
Par vous vn Adonis deuiendroit vn Hercule.

Le Demon me disant deuant vous prend la fuite,
Ne voyant rien de bas dedans vostre conduite,
Et tout ou haut, ou saint dedans vos actions;
Mais celle de quitter la Couronne Royale;
Ce grand coup qui surprend toutes les nations,
Aux plus subtils Demons est vn obscur Dedale.

C'est le plus haut relief dont l'esprit de lumiere
Peût enrichir vos mœurs, en ouurant la carriere
A vostre zele ardent qu'il guide en ses desseins;
C'est vn vray point d'honneur dont l'Eglise se vante,
D'auoir veu se soûmettre au ioug du Saint des Saints
Vne puissante Reyne heretique, & sçauante.

Que le fier Huguenot insolemment vous blâme,
Qu'il censure l'effect d'vne si pure flame,
Dont ses yeux de hybou treuuent l'éclat trop vif;
Tout le reste du monde en dit tant de loüanges,
Qu'il n'est pas iusqu'au Turc, qu'il n'est pas iusqu'au Iuif,
Qui par vn doux transport ne vous égale aux Anges.

Paſſant par Charenton, quoy qu'auecque viſteſſe,
Pour venir promptement nous combler d'allegreſſe,
Le Temple de l'erreur redouta voſtre abort ;
D'vn bruit ſourd & confus ſes fondemens tremblerent ;
L'Enfer en fut eſmeu, comme eſtant ſon ſupport,
Et ſes Monſtres affreux triſtement en hurlerent.

En ſi peu de ſejour que Paris vous a veuë,
Vous nous auez paru ſi dignement pourueuë
Des parfaits ſentimens d'vne humble pieté,
Que les Sages ont dit, en preſchant voſtre gloire,
Que vous n'auez jamais tant d'honneur merité,
Qu'en remportant ſur vous vne telle victoire.

Quand voſtre riche Eſcu, qui porte trois Couronnes,
Seroit planté par vous au ſommet des Colonnes,
Dont Alcide laſſé creut borner l'Vniuers ;
Quand vous entaſſeriez conqueſte ſur conqueſte,
Cela n'approche en rien des ornements diuers
Du Triomphe Eternel que le Ciel vous apreſte.

Le plus grand appareil, dont en tant de contrées,
On ayt veu regaler vos ſuperbes entrées,
N'a rien de comparable à la pompe des Cieux ;
C'eſt là que vous aurez vn Thrône magnifique ;
Là vous aurez la gloire, & regnerez bien mieux,
Que quand vous triomphiez ſur le Throne Gothique.

F I N.

www.ingramcontent.com/pod-product-compliance
Lightning Source LLC
Chambersburg PA
CBHW061436170626
46811CB00005B/2301